MAGICAL
J×R

Help ME!!
저거 먹으면 죽을지도 몰라...

PFiUUU !
HÉ ! VOUS LÀ-BAS !
Let's go !!!

Chère Alice
BONJOUR TOUT LE MONDE !
AUJOURD'HUI, JE VOUS RACONTERAI MON INCROYABLE HISTOIRE.
JE MENAIS DONC UNE VIE TOUT À FAIT MONOTONE ET UN JOUR DEUX LAPINS MAGIQUES ME SONT APPARUS.
MADEMOI-SELLE
OH LÀ LÀ
PAS CRÉDI-BLE.
ILS ONT SOUHAITÉ SIGNER UN PACTE AVEC MOI.
TA
DAM

IL Y A EU MON PREMIER BAISER VOLÉ...
KARAAA !
... ET DES ÉVÈNEMENTS INVRAISEMBLABLES.
HOOO
TROP ROMANTIQUE
EN TANT QUE COCONTRACTANT...
... JE FERAI DE MON MIEUX.
CEPENDANT...
BLACK
CE PACTE ?
C'EST UN MENSONGE.
HA HA
BÉCASSE...

UN MENSONGE !
...
뻥이야.
KRAAK
PAM
ILS SE SONT FOUTUS DE MOI.
RAAAAH
POUR LE MOMENT...
SERRE
... JE VOUS PROPOSE

BATTLE
... JUSTE QUELQUES COUPS.
T'INQUIÈTE. J'IRAI DOUCEMENT.
ERRK
※ DISTANCE NÉCESSAIRE AU COMBAT
TADADA
JE SUIS DANS LA MERDE.
ATTENDS TCHOA ! CE N'EST PAS CE QUE TU CROIS.
J'AIME PAS LA VIOLENCE
JAY ! FAIS QUELQUE CHOSE TOI AUSSI !

J'AI...
... UNE QUESTION À VOUS POSER.
TAIS-TOI !
HÉROÏNE
DÉGAGE DE LÀ !
KYAA !!
ELIMM
DEPUIS LE DÉBUT, VOUS AVIEZ L'INTENTION DE ME TROMPER ?
C'EST-À-DIRE...

SECOUE
SECOUE
J'AI COMPRIS.
BON...
LES CHOSES SONT CLAIRES DÉSORMAIS !
ZZT...
PAM
TRR
PAM
TCHO...
TCHOA !
IL N'Y A PAS DE CHEMIN PAR LÀ...

JAY...
TANT MIEUX.
SI LE PACTE S'AVÈRE FAUX, MON PREMIER BAISÉ VOLÉ L'EST ÉGALEMENT.
ET ILS NE SERONT PLUS SUR MON DOS À PARTIR D'AUJOURD'HUI.
MAIS POURQUOI SUIS-JE SI...

... Si BOULEVERSÉE ?
LE ROI DE DIAMANT SIGNIFIE « ROI DU FEU »...
... ET LE ROI DE CŒUR « ROI DE L'EAU ».

LES DEUX EXTRÊMES.
ET UN ÊTRE HUMAIN AU MILIEU.
QUELLES CONSÉ-QUENCES AURA CETTE RENCON-TRE ?
EST-CE LA « DESTRUCTION » ?
OU BIEN LA NAISSANCE D'UN NOUVEL « ESPOIR » ?
TSS

J'ATTENDS IMPATIEMMENT...
...TRÈS CHÈRE HUMAINE...
... LE JOUR OÙ TU DEVIENDRAS LEUR 'CLOTHO'.
« CLOTHO » : FILEUSE, LA PREMIÈRE DES MOIRES, DIVINITÉ DU DESTIN.

VROUM
HELLO !
YOUPI !
NOUS SOMMES ENFIN PARTIS POUR NOTRE VOYAGE TANT ATTENDU.
VOUS SAVEZ QUE C'EST UN ENDROIT MAGNIFIQUE.
IDÉAL POUR PASSER CES TROIS JOURS DE FOLIE SANS PENSER À L'ÉCOLE !
FORMIDABLE !
TCHOA, ON N'Y VA PAS POUR S'AMUSER.
EST-CE DE LA JOIE QU'ELLE EXPRIME ?
JE CRAINS QUE OUI.
...
...
...
MAIS...
VIVE LE VOYAGE SCOLAIRE !
랄랄라~ 즐거운 수련회
POURQUOI AI-JE DES FRISSONS ?

T'EN VEUX ?
AU RÉGIME.
...
PAS DE DOUTE.
ZAM
KYAHH
ELLE SE DONNE PLUS QUE NÉCESSAIRE.
JE NE PEUX PLUS LUI ADRESSER LA PAROLE.
JAY SEMBLE SOUCIEUX.
NOUS Y VOILÀ !
WII
WAA

CET ENDROIT EST...
... L'UNE DES AUBERGES DE JEUNESSE LES PLUS RÉPUTÉES POUR SES INFRASTRUCTURES, SES ÉQUIPEMENTS SPORTIFS ET DE DÉTENTE, SANS PARLER DES CHAMBRES TOUTES ÉQUIPÉES. UNE QUALITÉ COMPARABLE À CELLE D'UN HÔTEL DE GRANDE CLASSE.
PLUIE...
... DE COMPLIMENTS
C'EST VRAI !
OH !
MERCI PROFESSEUR !
ON PEUT COMPTER SUR VOUS !
MAIS IL Y A JUSTE UN DÉFAUT...
VOUS AVEZ FINI, N'EST-CE PAS ?
JE PRENDS LE RELAIS, PROFESSEUR.

BIENVENUE AU CAMP DE « RENFORCEMENT ».
DOO
DOUM
HOULÀ !!
AVANT D'ENTAMER LES CHOSES SÉRIEUSES...
... JE ME PRÉSENTE : BAEK JIN WOONG, VOTRE INSTRUCTEUR.
BOUIN
출렁
T'AS VU SON CORPS SCULPTÉ ?
D'OÙ EST-CE QU'IL SORT ?
출렁
BOUIN BOUIN
IL S'EST PAS TROMPÉ DE MANHWA ?
JE VOUS REMERCIE POUR VOTRE ACCUEIL ENTHOUSIASTE.

JE ME CHARGERAI PERSONNELLEMENT DE LA CLASSE 3 DE SECONDE.
KRACC
DURANT CES TROIS JOURS, JE COMPTE SUR VOUS, MES PETITS SOLDATS !
JE DISAIS... LE SEUL DÉFAUT, C'EST LA RÉPUTATION DES ENTRAÎNEURS.
JE VOUS REVOIS TOUS VIVANTS DANS TROIS JOURS.
COURAGE LES EN-FANTS.
SANS PLUS TARDER
L'ENTRAÎNEMENT COMMENCE.
PFIUUUIT

VOUS VOYEZ CES TRONCS ! VOUS ALLEZ COURIR AVEC COMME SI VOUS N'Y EN AVEZ PAS.
PFFOUP
좌악-!!
ALLEZ ! C'EST RIEN SI VOUS ÊTES UN VRAI MEC.
PFIUUIT
빠!
PAS DE PAUSE ! TOUT LE MONDE PAR TERRE À RAMPER !
FLAP FLAP
PFFOUP
CRIEZ PLUS FORT ! GRIMPEZ ! PLUS VITE !
PFIUUIT
SI VOUS TOMBEZ ÇA SERA EN ENFER ! PIGÉ !
PAS MAL DU TOUT !

TU PARLES D'UN VOYAGE SCOLAIRE !
HOUF
J'AI TROP CHAUD
JE VAIS MOURIR SI ÇA CONTINUE.
JE VOIS...
... VOUS AVEZ ENCORE LA FORCE DE PARLER.
CENT TOURS DE PISTE POUR TOUT LE MONDE ! EXÉCUTION !
CELUI QUI ARRIVE APRÈS MOI, JE M'EN OCCUPE PERSO !
TCHAK !
TATATATA
REGARDE-MOI ÇA !
LES PAUVRES...
ILS EN BAVENT SEC AVEC CET INSTRUCTEUR.
N'EST-CE PAS...
LE SURNOM DE CET INSTRUCTEUR EST « CHIEN ENRAGÉ », IL EST CONNU DANS LE MILIEU. CHAQUE ANNÉE, LA CLASSE QUI TOMBE SUR LUI, C'EST AU MINIMUM L'HOSPITALISATION.

ARU À LA TRAÎNE
JAY ! OÙ ES-TU ?
J'ESPÈRE QUE C'EST UN PÈRE AIMANT AVEC SON FILS !
JAY EN TRAIN DE SÉCHER
...?
LUI AUSSI SÈCHE

FIN D'ENTRAÎNEMENT
CLAQUÉS
HÉ, LES CAMARADES ! PRENEZ UN PEU D'EAU ET REPRENEZ-VOUS VITE !
VOUS ÊTES COMPLÈTEMENT HS !
OH MERCI.
MAIS... TOI...!?
MOI, NON !
C'EST MON QUOTI DIEN
FRAÎCHE
AH BON...?

LA CRISE CHEZ ARU.
MON CORPS, DÉSHYDRATÉ, NE BOUGE PLUS. JAY N'EST PLUS À CÔTÉ DE MOI.
ELUMM
DONG !
TCHOA !!
MON SAUVEUR !
GLOUP
PESTE
AH... AH...
PFF
ELLE S'EN VA.
ELLE ME DÉTESTE VRAIMENT.
R

... JE N'AI PLUS À ME SOUCIER D'EUX.
DÉSORMAIS...
OH LÀ !
T'AS UN CŒUR DE PIERRE !
DODOM
TAK
TU SAIS QUOI ! J'AI VU JAY TOUT À L'HEURE.
TU DOIS ALLER LE VOIR.
IL A L'AIR D'ALLER MAL.
TU M'AS FAIT PEUR !
TU POUVAIS PAS FAIRE UNE APPARITION MOINS SPECTACULAIRE !
JE PRENDS ÇA POUR UN COMPLIMENT.

JE N'EN AI RIEN À FAIRE.
AU LIEU DE TE MÊLER DE SES AFFAIRES...
... TU DOIS COOPÉRER AVEC NOUS, NON ?
TAC !
KRRR
OH MINCE...
VOUS VOUS ÊTES ENGUEULÉS ?
JE ME DEMANDE POURQUOI ?
?
TU PEUX NOUS EXPLIQUER POURQUOI TU NOUS ÉVITES COMME ÇA ?
ON A UN DEVOIR À FAIRE AVEC TOI. NOTRE PACTE, ÇA TE DIT QUELQUE CHOSE ?
PETIT CON !
JE TE SIGNALE QU'ON N'EST PAS ICI POUR UN PIQUE-NIQUE.
VOUS Y ÉTIEZ ?

NE ME DIS PAS QUE TU PENSES TOUJOURS À ELLE !
AHAA...
MAIS, ELLE EST MORTE...
CASSEY !
AH !
C'EST TABOU...
DÉSOLÉE !
CE N'EST PAS GRAVE.
ELLE ÉTAIT UNIQUE.
C'EST LA VÉRITÉ.

MA MÈRE ...
JE PENSE SANS CESSE À ELLE.
JE ME FOUS...
... ROYALEMENT D'EUX.
J'EN SUIS LIBÉRÉ.

iL A L'AiR D'ALLER MAL ?
C'EST SûREMENT À CAUSE DE SA TRONCHE D'ENTERREMENT.
iL LUi EST ARRiVÉ QUELQUE CHOSE ?
INTRIGUÉE
아 EUH
CE NE SONT PLUS MES AFFAIRES !!
HA !
ELLE S'ARRACHE LES CHEVEUX
iLS SE SONT BiEN FOUTUS DE MOi.
TOUM TOUM

Qui est-ce ?
Oh là là !
J'adore son style... Quel blond éclatant !
J'ai toujours aimé les blonds moi...
Qu'est-ce qu'il fait planté là ?
TAK !
Salut...
Ça doit être un élève d'un autre lycée.
Tu es là pour rencontrer quelqu'un ?

QU'EST-CE QUI LUI PREND...
HEIN ?
... DE SE SAUVER COMME ÇA ?
JE N'ÉTAIS...
... QUE GENTILLESSE AVEC LUI. INGRAT...
BEURK !
ON DIRAIT JAY ! INADAPTÉ SOCIAL...
MOI PAS PENSER À EUX !!!

PREMIÈRE NUIT
AÏE
AÏE !
OUILLOUILLE !
아이고오---!!
OUILLE !
SOUFFRANCE COLLECTIVE
VOUS EN FAITES TROP LES GARÇONS !
HI HI
C'ÉTAIT DUR POUR UN PREMIER JOUR.
AUCUNE SÉQUELLE CHEZ TCHOA
MAIS LES PATCHES ANTI-DOULEUR FONT DU BIEN. MERCI TCHOA !
QUELS PATCHES ?
DEVANT CHAQUE CHAMBRE, ON A TROUVÉ DES PATCHES.
C'ÉTAIT PAS TOI ?
NON, C'EST PAS DU TOUT MOI.
CE SERAIT NOTRE PROF ?

TAP
TAP
C'EST QUOI...
... CES BRUITS ?
J'AI ENTENDU DIRE QU'IL Y A UN GANG DE MOTARDS PAR ICI !
ET QU'IL NE FAUT PAS SORTIR LA NUIT.
VROOMM
VROOM
VROOM
TU NE TROUVES PAS...
HEIN ?
T'AS RAISON.
...QU'ON LES ENTEND DE PLUS EN PLUS DISTINCTEMENT ?
BLING !

와장창!
CRASH
HA HA HA ! BIEN FAIT POUR TA GUEULE !
VROOM
VAUT MIEUX FERMER UN ENDROIT COMME ÇA !
LÀ-BAS !
C'ÉTAIT QUOI !!
CELUI-LÀ...

C'EST LE BLOND DE TOUT À L'HEURE...
Fuck you!!
CRAP
... C'EST UN MEMBRE DU GANG DE MOTARDS ?

MAGICAL J×R

is an important The source of all priest's powers is the Gods
Every spell, every
This is why reflection
The way we go about doing this, however, is somewhat

AINSI, NOTRE PREMIÈRE NUIT A ÉTÉ TROUBLÉE PAR CET INCIDENT.
ET CE MEC...
FUCK YOU
C'EST QUOI CE MEC !!

ET ÇA RECOMMENCE !
HEIN ?
IL NE SE FATIGUERA JAMAIS !
JE ME DISAIS QU'IL SE FAISAIT RARE.
VOUS...
... VOUS LE CONNAISSEZ ?
DEPUIS ENVIRONS UN AN...
... IL FAIT PARTIE D'UN GANG DE MOTARDS.
IL VIENT ICI UNE FOIS PAR MOIS POUR FOUTRE LE BORDEL, COMME CE SOIR.

IL S'APPELLE...
... BAEK JOONHUI.
C'EST LE FILS UNIQUE DE NOTRE INSTRUCTEUR MONSIEUR BAEK.
C'EST LUI !
VOUS ALLEZ RESTER ICI À LES REGARDER AU LIEU DE VOUS EN OCCUPER ?
HA HA, JE ME CHARGE DE VOUS PROTÉGER ICI.
TU PARLES...

- La carte de la pièce -

AMOUR

... C'EST À NOUS DE NETTOYER LE BORDEL DES AUTRES !
POURQUOI...
APRÈS UNE NUIT TROUBLÉE PAR DES VISITEURS.
FTT
FTT
LE LENDEMAIN MATIN.
FTT
J'AIME PAS L'MÉNAGE
T'AS PAS EU TROP PEUR ?
OUI, J'AR-RIVE.
IL AURA AFFAIRE À MOI !
HÉ TOI, TU VIENS M'AIDER ?
ERRH !

UN PEU...
QUAND JE SUIS ARRIVÉ ICI IL Y A UN AN, J'AI EU SUPER PEUR.
DITES, VOUS N'AVEZ PAS PENSÉ À APPELER LA POLICE ? IL Y A DES DÉGÂTS ASSEZ IMPORTANTS TOUT DE MÊME, NON ?
C'EST-À-DIRE...
FUU... ON AURA UNE JOURNÉE TRÈS CHAUDE.
BEAUCOUP PENSE COMME TOI.
MAIS COMME L'INSTRUCTEUR EN CHEF NE RÉAGIT PAS, ALORS ON NE PEUT RIEN FAIRE.
ON NE FAIT QUE SUPPOSER QU'IL Y A UN TRUC ENTRE EUX.
L'INSTRUCTEUR EST QUELQU'UN DE STRICT, MAIS AVEC SON FILS, IL EST TROP COULANT.

MOI QUI SUIS CÉLIBATAIRE JE NE SAIS PAS ENCORE GRAND CHOSE.
MAIS DEVENIR PARENT, ÇA DOIT ÊTRE COMPLIQUÉ.
쌈박
HOP
HA HA HA
C'EST DONC ÇA...
UN PROBLÈME ENTRE PÈRE ET FILS ?
ON RETROUVE DE NOUVEAU L'AMBIANCE PAISIBLE
COMME SI RIEN NE S'ÉTAIT PASSÉ.
EN CE QUI NOUS CONCERNE...
PFIUUIT
VOUS AVEZ BIEN TRA-VAILLÉ !
VOUS MÉRITEZ UNE RÉCRÉE !

MOI AUSSI JE SUIS FATIGUÉE.
JE VAIS BOIRE UN PEU D'EAU.
CRR
HEIN ?
VIDE
... ON POURRAIT PRESQUE DIRE QUE C'EST PAREIL.
C'EST DU DÉJÀ VU.
....
J'AI MAL PARTOUT
PRESQUE DES CADAVRES
GNN
POURQUOI J'AI DONNÉ TOUTE MON EAU !
QUELLE IDIOTE !
IL FAUT PENSER À SOI !!
JE SUIS OBLIGÉE DE ME PAYER DE L'EAU.
KLING
MERCI.
À BIENTÔT. ♥
SUPER
HEIN ?

A... ARU ?
FIXE
QU'EST-CE QU'IL FOUT LÀ ?
NON-!
J'Y RÉSISTE.
NOUVELLES SUCETTES
LOVE
RÉPÉTER 10 FOIS
QUOI !
C'ÉTAIT À CAUSE DES SUCETTES ?
ERRK... IL M'A EU ENCORE !
ARRÊTE DE REGARDER !
MAMAN, UN CLOCHARD !
GLOP
JE NE PEUX PAS FAIRE AUTREMENT.
AH ? C'EST ENCORE VOUS ?

TIENS !
SOURIRE
ARU EST HEUREUX.
TU ME LES DONNES TOUTES VRAIMENT ?
TROIS SUCETTES ?
VAS-Y. C'EST QUE POUR TOI.
JE NE SAVAIS PAS QUE LES NOUVEAUTÉS COÛTAIENT AUSSI CHÈRES !
JE SAIS QUE CE NE SONT PAS DES MAUVAIS BOUGRES.
MAIS...

J'AI BESOIN DE METTRE FIN À ÇA.
SINON, JE SUIS SÛRE DE SOUFFRIR.
APRÈS CE VOYAGE SCOLAIRE...
... J'AIMERAIS QUE VOUS QUITTIEZ MA MAISON.
TCHOA...?

RÉFLÉCHIS.
IL VAUT MIEUX POUR VOUS AUSSI D'ALLER VIVRE AILLEURS POUR FINIR VOS ÉPREUVES AVEC UN NOUVEAU...
... COCON-TRACTANT.
JE NE SUIS PLUS VOTRE COCONTRACTANTE. RIEN NE ME LIE À VOUS
TAP
À VRAI DIRE...
ET PUIS...
SNIF
BREF, C'EST CE QUE JE VOULAIS...
... TE DIRE !

JE COMMENCE À SOUFFRIR DÉJÀ.
QU'EST-CE QUI M'ARRIVE D'ÊTRE AUSSI SENSIBLE COMME ÇA ?...
JE NE LE SUIS PAS POURTANT.
SPLATCH
RESSAISIS-TOI TCHOA !
KII
ALLEZ ! UN CRI !
JE VAIS SUPER BIEN !
HA HA HA !
GLOP
WHOUAAAH !
MAIS PUTAIN ! JE N'EN AI PAS BESOIN !

QUEL EST L'IMBÉCILE QUI OSE M'INTER-ROMPRE !
KIAG
J'AI MÊME ENTENDU DES GROS MOTS !!
AH !
LE MOTARD D'HIER ?
AH... C'EST TOI ?
TU TOMBES À PIC.

KRIIC
HEIN... IL Y EN A UN AUTRE ?
TU VAS PAYER TRÈS CHER TOUT LE MÉNAGE QU'IL Y A À FAIRE À CAUSE DE TOI.
C'EST BIEN TCHOA.
TIENS, PRENDS ÇA.
TA MAIN A ÉTÉ BLESSÉE PAR DES BOUTS DE VERRE BRISÉ.
PAF
J'EN AI PAS BESOIN !
P. A. P. A.
JE NE SUIS PLUS UN ENFANT. ET JE ME FOUS BIEN DE TES SOUCIS À DEUX BALLES.

QUOI PAPA ? NOTRE INSTRUCTEUR EN CHEF
부르릉
VROOM
LE MOIS PROCHAIN, JE REVIENDRAI TOUT CASSER AVEC MES POTES !
QUEL SALE CARACTÈRE !
SURNOM : OURS BLANC
TEL PÈRE...
... TEL FILS.
PFF
IL NE CHANGERA PAS...
TAF
TAF
IL A L'AIR DE BIEN SE PORTER.
ÇA ME RASSURE.
HEIN ?

IL PARAÎT BIEN DIFFÉRENT DE CE QU'IL EST D'HABITUDE.
JE VAIS LE LAISSER TRANQUILLE.
KRAATCH
TICK !
IL Y A QUELQU'UN ?
OOPS !

VOUS POUVEZ GARDER ÇA POUR VOUS ?
PERSONNE NE ME CROIRA, DE TOUTE FAÇON.
OUI.
IL EST TRÈS TIMIDE, COMME VOUS POUVEZ LE VOIR.
VOTRE FILS A FOUTU LE BORDEL CHEZ NOUS HIER SOIR.
VOUS DEVEZ BIEN L'AIMER.
HA HA...
...
TU M'AS VU SOUS UN AUTRE ANGLE.
PEUT-ÊTRE
À MON AVIS...
JE SUIS UN MAUVAIS PÈRE POUR LUI.
... C'EST UN PÈRE AIMANT QUI A DES DIFFICULTÉS DE COMMUNICATION AVEC SON FILS.

J'AI CONFISQUÉ LES JEUX DE CARTES AUX ÉLÈVES.
TAC
J'AI TROUVÉ UNE JOLIE CARTE AVEC.
POUR QUELLE RAISON SA RELATION AVEC SON FILS EST ELLE SI DIFFICILE ?
TENEZ.
PRENEZ ÇA.
CADEAU.
HWITT
CETTE CARTE...!

J'AI ENCORE PLEURÉ.
C'EST UNE CARTE MAGIQUE ?
JE N'ARRIVE PAS À ME RETENIR.
IL N'Y A QUE MES BONBONS QUI PUISSENT ME CONSOLER.
VROO VROOM
COMM D'HAB !
아코!!
KLAK !
DÉGAGE DE MON CHEMIN !
T'ES AVEUGLE OU QUOI !
VROOM

CRAC
1- MORT : CASSÉ PARTERRE.
PLOC
2- MORT : TOMBÉ DANS L'EAU.
POK
AIDE-MOI !
3- SAUVÉ : DANS LA POCHE DE JOONHUI.
MO... MON DERNIER BONBON...

MON BONBON !
VROOM
C'EST UN MALADE.
HAF HAF
REVIENS !
JE NE TE LÂCHERAI PAS.
ATTENDS-MOI !
TADADADA !!
C'EST QUOI ÇA !

J'ai MIS DU TEMPS POUR SEMER UN MALADE.
EUH... UN MALADE ?
T'ES EN RETARD.
HÉ HÉ, CETTE FOIS, JE GAGNE.
DÉÇU
TU VEUX PARLER DE CELUi QUi EST ACCROCHÉ À TON BLOUSON ?
!!!

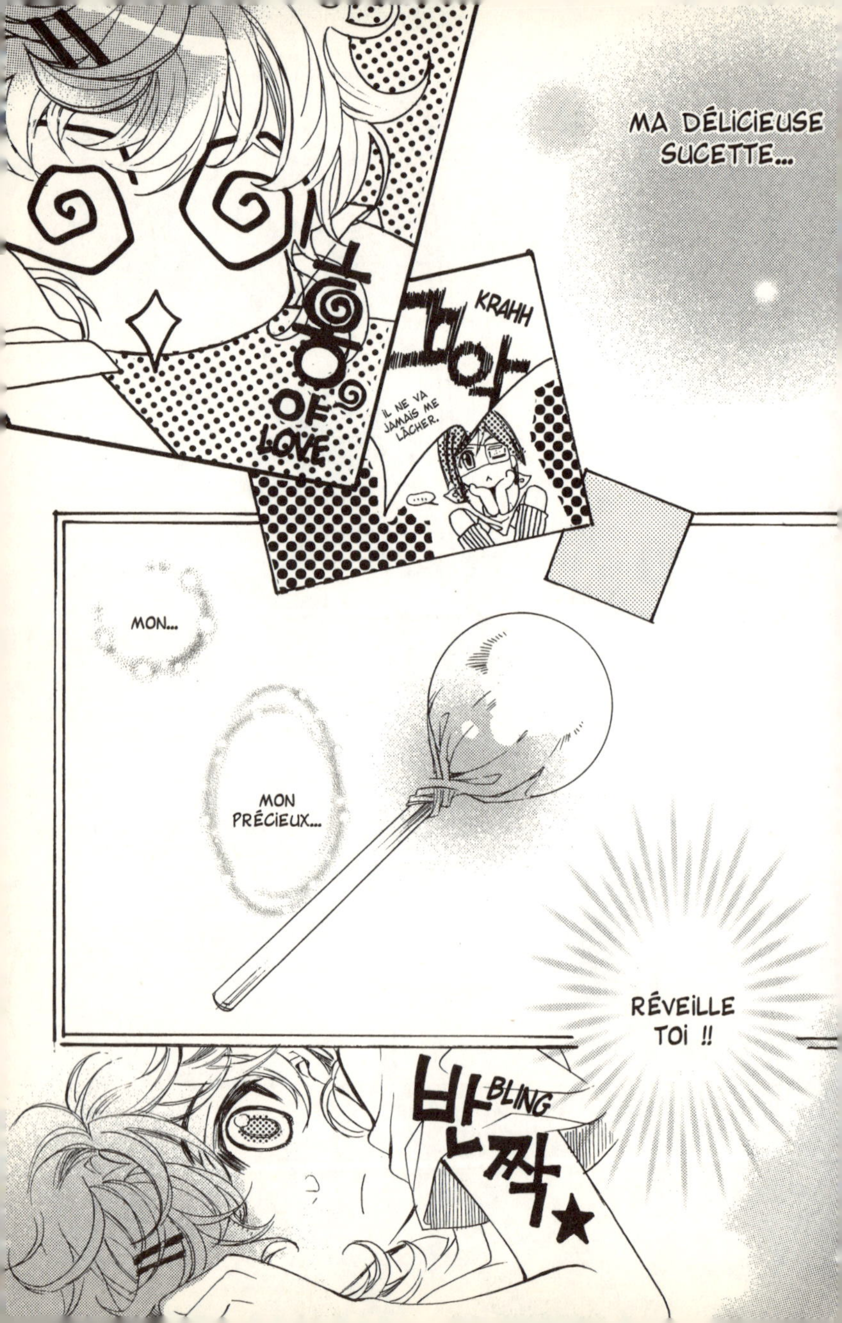
MA DÉLICIEUSE SUCETTE...
OF LOVE
KRAHH
IL NE VA JAMAIS ME LÂCHER.
....
MON...
MON PRÉCIEUX...
RÉVEILLE TOI !!
반짝★
BLING

MALHEUREUSEMENT C'EST TROP TARD.
« DÉSORMAIS J'APPARTIENS À QUELQU'UN D'AUTRE, OUBLIEZ-MOI. JE N'AI PAS ÉTÉ FIDÈLE.
ZOUP
TU N'AS RIEN !
MAIS NON !!
CRAC !

ENFIN, TU REPRENDS TES ESPRITS !
!!

MAGICAL J×R

DÉSOLÉE, JE NE PEUX L'ACCEPTER.
CETTE JOLIE CARTE APPARTIENT À QUELQU'UN D'AUTRE.
....

TOC TOC
Infirmière scolaire sexy
J'AI FINI LE CHECK-UP DES ÉLÈVES !
LES JEUNES FILLES D'AUJOURD'HUI N'AIMENT PAS LES JOLIES CARTES ?
ÇA LE TRAVAILLE.
PFFF
AÉREZ UN PEU !!
C'EST UN PIÈGE À OURS OU QUOI ?
BWOUF BWOUF
POUF
POUF
C'EST QUOI TOUTE CETTE FUMÉE !
TIENS !
QU'EST-CE QUE C'EST ?
UNE CARTE ? JE LES COLLECTIONNAIS ÉNORMÉMENT QUAND J'ÉTAIS PETITE.
FROTTE
FROTTE
LES VIEILLES FILLES AIMENT TOUJOURS LES CARTES.

LE PERSONNAGE DU CONTE, CELLE QUI TRAITE SON FILS DE « COCHON »
LAISSE-MOI REGARDER... C'EST BIEN LA DUCHESSE ?
CAR IL A UN MAUVAIS CARACTÈRE.
MAIS BON, C'ÉTAIT UN VRAI PORC.
SI ELLE NE CHANGE PAS, ELLE SERA MALHEUREUSE CAR SON PROPRE FILS NE L'AIME PAS.

UNE DUCHESSE DÉTESTÉE PAR SON PROPRE FILS ?
ON DIRAIT MOI.
PFCHIII
치익
JE TE DEMANDE JUSTE UNE FAVEUR.
NOTRE JUN HUI...

- La carte de la pièce -

AMOUR II

HÉ, LE NOUVEAU ! VIENS NOUS REJOINDRE !
WAOUH ! ÇA DÉCHIRE !
PAF
BRR
Oui, oui.
BIEN JOUÉ !
ÇA FAIT UN MAX DE POINTS !
C'EST MON JOUR !
EMM...
C'EST QUOI CE JEU ?
QU'EST-CE QUE JE FOUS LÀ ?

IL Y A 15 MINUTES.
ÇA VA ?
VOLEUR DE BONBON !
TU PARLES DE ÇA ? IL ÉTAIT DANS MA POCHE.
SORRY, IL ME RESTE JUSTE ÇA.
AHHHH
BLING
QU'EST-CE QU'ON FAIT DE LUI...
... CHEF ?

APPARITION REMARQUÉE DU CHEF !
T'AS PAS PLUS ÉTRANGE COMME VÊTEMENT ?
QUEL LOOK LE CHEF !
CANDY.
HAA HAA !!
J'AI PEUR !
IL A PLU AU CHEF !
AU PAYS DE CANDY... COMME DANS TOUS LES PAYS... ON S'AMUSE, ON CHANTE, ON RIT...
HA HA HA !
IL LUI RESSEMBLE VRAIMENT !
REGARDE SES CHEVEUX BOUCLÉS !
EN PLUS, IL A POURSUIVI SON BONBON JUSQU'À NOUS !
OK ! TU T'APPELLES CANDY !
VOILÀ COMMENT ÇA S'EST PASSÉ.

JAY ET TCHOA SE SOUCIENT SÛREMENT DE MOI.
IL FAUT QUE JE RENTRE.
MAIS...
JE PEUX RESTER ENCORE UN PEU ICI ?
ILS SEMBLENT BIEN S'AMUSER.
POURQUOI DEPUIS TOUT À L'HEURE IL N'Y A QUE TOI QUI GAGNES ! JE SAIS QUE TU TRICHES !
HEUMM
MAUVAIS PERDANT !
MERDE !
FIN DE PARTIE.
OUIII ! LA CHANCE EST DE MON CÔTÉ !
BRR
GRR
GRR

LAISSE-MOI VOIR.
ZAM
HEY !
ENLÈVE TA MAIN, ESPÈCE DE PERVERS !
FOUILLE
FOUILLE
J'AIME PAS LA TRICHE.
TIENS ?
C'EST QUOI ÇA ?
UNE CARTE ?
ELLE N'EST PAS DE NOTRE JEU.
CETTE CARTE !

C'ÉTAIT BIEN
LA CARTE MAGIQUE.
ÇA VEUT DIRE QUE...
... LE SECOND EXAMEN A DÉBUTÉ.
QUE DOIS-JE FAIRE ?

PAM
TIC
JE M'EXCUSE.
JE NE M'EXCUSE PAS.
TOC
JE M'EX-CUSE.
MAIS NON.
Très sérieux
MAIS SI.
NON.
TIC TOC
TIC TOC
SSSAP

QUI EST LÀ ?
AÏE
TCHOA ?
T'INQUIÈTE.
J'AI JUSTE UNE CHOSE À TE DIRE
ARHH
펑!
JE BOUDE !
POURQUOI T'ES LÀ ?
TU VEUX ME COGNER ENCORE ?
QUELLE PESTE !
QU'EST-CE QUE TU ME VEUX ?
AHH

« DUCHESSE ».
C'EST L'INDICE DE LA DEUXIÈME CARTE.
C'EST L'INSTRUCTEUR EN CHEF QUI A LA CARTE.
ET PUIS...
... SI MON RAISONNEMENT EST BON, JOONHUI, LE MOTARD D'HIER SOIR, EST BIEN L'ENFANT QUE LA DUCHESSE APPELAIT PORC.
JE SUIS CURIEUSE DE SAVOIR POURQUOI C'EST CETTE HISTOIRE D'ALICE.
JE NE CONNAIS PAS LEUR HISTOIRE...
... MAIS LA SITUATION SEMBLE TENDUE.
DE TOUTE FAÇON, CE N'EST PAS ÇA L'IMPORTANT.
C'EST TOUT...
... CE QUE J'AVAIS À DIRE.
L'IMPORTANT C'EST QUE J'AI PU LES AIDER.

TIC
JE...
... M'EXCUSE.

ÇA M'A PERMIS DE VOUS RENCONTRER.
DEMAIN,
CE VOYAGE PREND FIN.
ET PAREIL POUR EUX.
ÇA VA ME MANQUER.
RETOUR AU QUOTIDIEN ORDINAIRE DE MA VIE D'AVANT.
KAÏ
꺄아아!
HEIN ?

QU'EST-CE QUE TU FOUS ?
IL FAIT SON SHOW OU QUOI !?
HÉ OH...
NI
UN AVANT-GOÛT DE LA SOIRÉE À FRISSONS !
QUEL FRISSON !
TCHOA
VOICI UNE HISTOIRE QUE VOUS N'ALLEZ PAS OUBLIER.
VOUS VOULEZ VRAIMENT QUE JE VOUS EMMÈNE DANS L'ABÎME DE L'HORREUR ?
OH YES.
ON EST PRÊT !
ON VEUT DU VRAI QUI FAIT CHIALER DE PEUR !!
AVANT DE COMMENCER NOTRE PARCOURS D'ÉPOUVANTE, ON SE RACONTE DES HISTOIRES NON ?

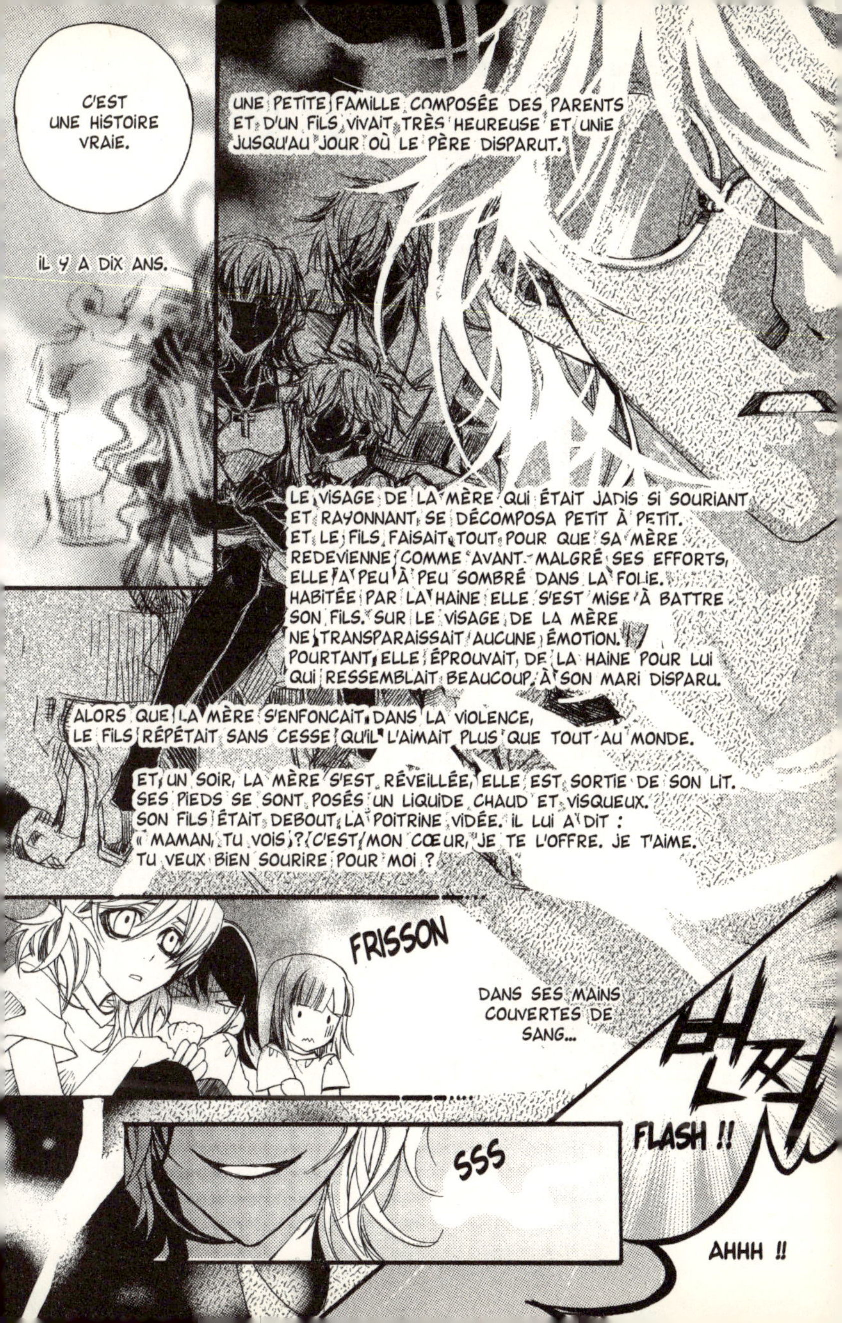
C'EST UNE HISTOIRE VRAIE.
UNE PETITE FAMILLE COMPOSÉE DES PARENTS ET D'UN FILS VIVAIT TRÈS HEUREUSE ET UNIE JUSQU'AU JOUR OÙ LE PÈRE DISPARUT.
IL Y A DIX ANS.
LE VISAGE DE LA MÈRE QUI ÉTAIT JADIS SI SOURIANT ET RAYONNANT SE DÉCOMPOSA PETIT À PETIT. ET LE FILS FAISAIT TOUT POUR QUE SA MÈRE REDEVIENNE COMME AVANT. MALGRÉ SES EFFORTS, ELLE A PEU À PEU SOMBRÉ DANS LA FOLIE. HABITÉE PAR LA HAINE ELLE S'EST MISE À BATTRE SON FILS. SUR LE VISAGE DE LA MÈRE NE TRANSPARAISSAIT AUCUNE ÉMOTION. POURTANT, ELLE ÉPROUVAIT DE LA HAINE POUR LUI QUI RESSEMBLAIT BEAUCOUP À SON MARI DISPARU.
ALORS QUE LA MÈRE S'ENFONCAIT DANS LA VIOLENCE, LE FILS RÉPÉTAIT SANS CESSE QU'IL L'AIMAIT PLUS QUE TOUT AU MONDE.
ET UN SOIR, LA MÈRE S'EST RÉVEILLÉE, ELLE EST SORTIE DE SON LIT. SES PIEDS SE SONT POSÉS UN LIQUIDE CHAUD ET VISQUEUX. SON FILS ÉTAIT DEBOUT LA POITRINE VIDÉE. IL LUI A DIT : « MAMAN, TU VOIS ? C'EST MON CŒUR, JE TE L'OFFRE. JE T'AIME. TU VEUX BIEN SOURIRE POUR MOI ?
FRISSON
DANS SES MAINS COUVERTES DE SANG...
번쩍
FLASH !!
SSS
AHHH !!

C'EST L'HEURE DE PARTIR POUR LE PARCOURS DE L'ANGOISSE.
LES AUTRES SONT DÉJÀ LÀ.
OUI.
BRRR
BRRR
ÇA M'A BIEN FOUTU LES BOULES.
FRR
MERCI DE NOUS AVOIR MIS DANS L'AMBIANCE !
DE RIEN.
...
ON Y VA, NOUS AUSSI_?
HEIN ?
PEUT-ÊTRE...
... J'Y CROIS PAS.
OUI... C'EST PARTI.

MERDE !
PAM
CASSEY !!
PROTÉGER LES ARBRES
JE LE SAIS BIEN.
MÊME SI C'ÉTAIT UN PACTE...
« IL NE FAUT PAS SE MÊLER DES AFFAIRES DES HUMAINS. »
... NOUS NE POUVONS RIEN POUR LUI.
CE N'EST QUE MON IMAGINATION DÉBORDANTE.

PARCOURS DE L'ANGOISSE
DÉGAGE !
Qui ?
AAOUUU !
...
QU'EST-CE QU'IL EST DEVENU ?
CELUI DONT TU PARLAIS TOUT À L'HEURE.
IL Y A DES LOUPS PAR ICI ?
TU VIENS...
DÉGAGE !
CELA DIT, C'EST PAS TOUT À FAIT FICTIF.
Hi
POUHHH
J'AI DIT ÇA POUR VOUS FAIRE PEUR.
T'ES HYPER CRÉDULE.
T'AS PAS TORT.
Fuu
C'EST UNE HISTOIRE VRAIE, NON ?

UNE FEMME ABANDONNÉE A SOMBRÉ DANS LA FOLIE ET SON FILS...
MALGRÉ LA VIOLENCE SUBIE, LE FILS S'EST ACCROCHÉ À CETTE FIGURE MATERNELLE, ESPÉRANT UNE VIE HEUREUSE À SES CÔTÉS. MAIS LES JOURS PASSAIENT ET LA SITUATION EMPIRAIT.
JUSQU'AU DERNIER JOUR, LA MÈRE CHERCHAIT SON MARI DISPARU AU LIEU DE REGARDER SON FILS À CÔTÉ D'ELLE.
LE FILS S'EST FINALEMENT RENDU COMPTE QU'IL N'Y AVAIT PERSONNE AVEC QUI PARTAGEAIT L'AMOUR CONTENU DANS SON CŒUR.
ET QU'IL ÉTAIT SEUL.
TU VEUX SAVOIR
...... CE QU'EST DEVENU CE GARÇON ?

TU L'AS EN FACE DE TOI.
JUSTEMENT.
LES PARENTS SONT ÉGOÏSTES.
ET PITOYABLES.

ILS DISENT TOUT FAIRE POUR LEURS ENFANTS
MAIS ILS NE VIVENT QUE POUR EUX.
ILS SE FOUTENT DE CE QUE PENSENT LEURS ENFANTS.
LEURS ENFANTS FONT VAINEMENT
DES EFFORTS D'AMOUR POUR LES PARENTS.
JOONHUI, TA MAMAN NOUS A QUITTÉS PLUS TÔT À CAUSE DE SA MALADIE, MAIS TOI, IL FAUT QUE TU SOIS FORT, PLUS FORT QUE MOI.
JE PROMETS PAPA. JE SERAI TRÈS TRÈS FORT POUR TOI.
ARRR
JE TE LE PROMETS.
AÏE... J'AI MAL.
MÊME SI C'EST DUR.
HIRK
ERRR

QU'EST-CE QUE VOUS LUI AVEZ FAIT FAIRE ?
VOUS NE SAVIEZ PAS QU'IL ÉTAIT DÉJÀ FAIBLE ?
OÙ EST-CE QUE JE SUIS ?
DÉSORMAIS, TU N'AS PAS À ME SUIVRE PARTOUT POUR L'ENTRAÎNEMENT.
TU NE DOIS PLUS TE DÉPENSER AUTANT.
PARCE QUE JE NE SUIS PAS ASSEZ FORT ?

SI JE DEVENAIS PLUS FORT...
... TU ME REGARDERAIS DIFFÉREMMENT ?
CLING
ON Y VA TOUS ENSEMBLE ?
HÉ CANDY !
LA LA LA
ON Y VA. JE T'EMMÈNE.

ON DOIT FAIRE QUELQUE CHOSE LÀ-BAS.
ALLEZ, C'EST PARTI.

VROOM
BROOM
C'EST VRAI ?
EHM
TU DEVIENDRAS PLUS COSTAUD SI TU BOIS BEAUCOUP DE LAIT. ♥

JE SUIS DÉSOLÉE.
JE NE SUIS PAS COMME MA MÈRE.
PARCE QUE...
... JE SUIS ENCORE VIVANT.

MAGICAL J×R

ON Y EST !!
C'EST BIEN ICI.
LES LUMIÈRES SONT ÉTEINTES.
TOUT LE MONDE DORT DÉJÀ ?
JE PENSE QU'ILS SONT SUR LE PARCOURS DE L'ANGOISSE.
TOUT CE QU'IL ME RESTE...
COMMENT IL LE SAIT ?
TOUT PETIT, J'AI VÉCU ICI.
JE CONNAIS L'ENDROIT PAR CŒUR.

ALLEZ...
NE M'ATTENDEZ PAS.
JOON HUI.
FIGHTING !
BONG
PAS POSSIBLE.
IL EST OÙ ?
IL ÉTAIT LÀ À L'INSTANT.
CANDY ?
SHOONG
CANDY ?
IL EST DÉJÀ PARTI À LA VITESSE DE LA LUMIÈRE ET NOUS A REMERCIÉS DE L'AVOIR RAMENÉ.
IL CHERCHE SON COPAIN.
IL EN SAIT DES CHOSES.
J'AI TROUVÉ LA DEUXIÈME CARTE. IL FAUT LES METTRE AU COURANT !!
MAIS...

OÙ ES-TU !!
JAY ! RÉPONDS !
D'ABORD, IL COURT
ATCHOUM !
IL EST LÀ.
PHCHII
ILS NE VONT PAS TARDER À DESCENDRE.
TU VEUX MOURIR DU CANCER DU POUMON ?
JOON HUI...

JE SUIS VENU ENTENDRE TA RÉPONSE.
QU'EST-CE QUE TU VAS ME DIRE ?
C'EST VRAI.
UNE SIMPLE COMPASSION ?
OU RIEN ?
EN FAIT...
... C'ÉTAIT MON HISTOIRE.
T'AS L'AIR STUPÉ-FAIT.
DIS-MOI.
GNN

PAF
GNN
AÏE... J'AI MAL.
C'ÉTAIT MON BUT.
TOI ! TU VEUX ENCORE JOUER À ÇA AVEC MOI !!
TU ES À CÔTÉ DE LA PLAQUE SI TU PENSAIS QUE J'AVALERAI CE GENRE DE FARIBOLES.
JE ME METS VRAIMENT EN COLÈRE.
PRÉPARE-TOI À RECEVOIR MES COUPS LÉGENDAIRES.
SI TU LE FAIS ENCORE UNE FOIS...
J'AVAIS PAS PRÉVU CE GENRE DE RÉACTION DE TA PART.
TU NE ME CONSOLES PAS ?

MAIS...
MR S SAIT TOUT.
MOI ? TE CONSOLER ?
PFFUU
POUR MOI T'ES QU'UN PETIT CHIEUR QUI RACONTE DES HISTOIRES BIDONS.
QU'ELLE EST FROIDE
MÊME SI CE PETIT GARÇON C'ÉTAIT TOI...
... CELUI QUE J'AI DEVANT MOI EST MR S.

ELLE ME FIXE SANS TREMBLER ?
ELLE ME REGARDE.
ÇA ME PLAÎT.
MON PRÉNOM...
TU NE VEUX PAS SAVOIR COMMENT JE M'APPELLE ?
TU VEUX BIEN M'APPELER...
... PAR CE PRÉNOM ?
...
OUI MAIS À CONDITION QUE T'ENLÈVES LES LUNETTES AUSSI.

AÏE...
J'AURAIS DÛ LE FRAPPER...
... AVEC MON COUP DE PIED.
J'AURAIS AIMÉ...
FUU
MONTRE-TOI TEL QUE TU ES...
... SANS LES LUNETTES.
SI TU Y ARRIVES, JE T'APPELLERAI PAR TON VRAI PRÉNOM.

ÇA M'INTÉRESSE PAS SI C'EST PAS MARRANT.
JE N'AI PAS BESOIN ...
... D'UN «CŒUR».
... QU'IL ME DISE EN SOURIANT QUE C'ÉTAIT UN MENSONGE.

LA RAISON POUR LAQUELLE
ÇA A L'AIR FUN.
IL CATÉGORISE TOUTES LES CHOSES COMME MARRANT OU NON.
C'EST PARCE QU'IL N'A PLUS SON «CŒUR ».

ESPÈCE D'IDIOT.
PFII
JE NE T'AI PAS APPELÉ.
C'EST TARD, RENTRE CHEZ TOI.
TU N'AS PAS D'AUTRE CHOSE À DIRE À TON FILS QUI TE REND VISITE !!
C'EST À CAUSE DE LA DERNIÈRE FOIS ?
KIACC

J'AI À TE PARLER.
JE NE PEUX PAS.
PAM
JE TRAVAIL-LERAI POUR REMBOURSER TOUTES LES VITRES QUE J'AI CASSÉES.
FAIS-MOI INTÉGRER DANS TON PROGRAMME.
CETTE FOIS-CI...

ÇA N'A SERVI À RIEN DE CASSER TOUS CES...
OOPS !
...
NON.
JE NE TE DÉCEVRAI PAS.
PARCE QUE...
... MA SANTÉ ES FRAGILE
C'EST DONC POUR ÇA TOUS CES TRACAS.
SI TU EN CASSAIS D'AUTRES...
... ÇA NE CHANGERAIT RIEN.
TU N'AS PAS À RESTER ICI.
QU'EST-CE QU'IL EST TÊTU ! C'EST BIEN MON FILS.

TU CRAINS QUE JE MEURE À CAUSE DE QUELQUES ACTIVITÉS SPORTIVES ?
COMME MAMAN ?
C'ÉTAIT PEUT-ÊTRE LE CAS QUAND J'ÉTAIS PETIT.
MAIS C'EST DIFFÉRENT.
MAINTENANT MÊME QUAND JE ROULE LONGTEMPS EN MOTO...
... JE ME PORTE TRÈS BIEN.
ALLEZ... ACCEPTE.

POURQUOI TU ME DIRAIS NON ?
JE N'ABANDONNERAI PAS.
JE VEUX RESTER ICI.
T'ES PETIT, HEIN ?
ET ALORS !
...
ON S'EN VA.
HÉ ! ET JOON HUI
NE L'ATTENDS PAS.
IL NE REVIENDRA PAS.

IL VA VIVRE ICI À CÔTÉ DE SON PÈRE.
JOON HUI
QUOI ! C'EST SI SOUDAIN
MAIS POURQUOI !
IL A UN POINT D'ATTACHE.
JOON HUI N'EST PAS COMME NOUS.

IL NOUS A TOUS FAIT VENIR ICI...
... POUR ÇA.
BÊÊÊ
SACRÉ JOON HUI.
C'EST ÇA.
IL A ENFIN TROUVÉ OÙ ALLER.
C'EST POUR CELA...
QU'IL FAUT LE LAISSER PARTIR.
NOUS N'AVONS RIEN À FAIRE ICI.
ON S'EN VA.

BYE BYE.
JOON HUI.
WOOSH

SA SANTÉ AVAIT DÛ MAL À SUIVRE SON MENTAL.
CHÉRI.
ELLE AVAIT UN FORT TEMPÉRAMENT.
NE ME REGARDE PAS COMME ÇA.
ELLE AVAIT TOUJOURS LE MORAL. RIEN NE POUVAIT L'ABATTRE.
...
AAAHH
왈칵
JE PÈTE LA FORME !
REGARDE !
ALLEZ !
INFIRMIÈRES ! VITE !!
MAIS...
VISIBLE-MENT...
... ÇA NE SUFFIT PAS.
MAIS C'EST VRAI QUE J'AI LE MORAL AU TOP.

JE VEUX QUE JOON HUI NE CONNAISSE PAS CE GENRE DE PROBLÈME!
QU'IL SOIT SOLIDE PHYSIQUEMENT AUSSI BIEN QUE MENTALEMENT.
JE VEUX QU'IL FASSE TOUT CE QU'IL LUI PLAIRA DE FAIRE...
... SANS QU'IL RENCONTRE D'OBSTACLES.
TU VAS L'AIDER, NON ?
JE VEUX QUE...
... JOON HUI N'AIT PAS LE MÊME SORT QUE MOI.
C'ÉTAIT SON DERNIER SOUHAIT.
C'ÉTAIT ÉGALEMENT LE MIEN.

BIEN QUE LA SANTÉ DE JOON HUI SOIT FRAGILE.
J'AI PENSÉ À LA CONSOLIDER PAR DES ACTIVITÉS PHYSIQUES ADAPTÉES.
JOON HUI !!
MAIS...
SSS
LORSQUE JE L'AI VU TOMBER PAR TERRE, J'AI REVU MA FEMME.
ET J'AI PRIS PEUR.
J'AI EU PEUR DE PERDRE MON FILS.

JE T'AI LAISSÉ TOMBER!
« IL FAUT QUE J'ARRÊTE ».
C'EST À CE MOMENT LÀ...
MAINTENANT, JE NE SUIS PLUS SÛR QUE C'ÉTAIT VRAIMENT POUR TOI.
JE VOULAIS TOUT SIMPLEMENT QUE TU VIVES.
C'EST POUR CELA QUE TU NE DOIS PAS RESTER ICI.
JE VOULAIS T'ÉLOIGNER DE MOI À CAUSE DE CET ENVIRONNEMENT OÙ CE QUI PRIME AVANT TOUT EST LA CONDITION PHYSIQUE.
ET MOI... TU NE VEUX PAS SAVOIR CE QUE J'EN AI PENSÉ ?

JE T'AI ATTENDU TOUS LES JOURS !
J'AI ATTENDU QUE TU VIENNES ME CHERCHER !
SNIF
JOON HUI...
C'EST QUOI CETTE ODEUR ?
MOI...
WOOSH
!!!!

MAGICAL J×R

JAY !!
JE TE TROUVE ENFIN !!
TOUM !
둥!
J.
PONG !
...
SERRE

OÙ ÉTAIS-TU BON SANG ! JE T'AI CHERCHÉ PARTOUT !
ET TCHOA, ELLE EST OÙ !!
ARRHH !
IL M'EST ARRIVÉ UN TAS DE CHOSES ! JE SUIS MÊME TOMBÉ SUR UN GANG DE MOTARDS VOLEURS DE BONBON.
CALME-TOI !
J'AI TROUVÉ LA CARTE.
C'EST JOON HUI QUI L'A.
LA DUCHESSE ET LE FILS PORC. C'EST COMME CE QU'AVAIT DIT TCHOA.
COMMENT ELLE LE SAVAIT ?
BREF, CE GARÇON EST ALLÉ VOIR L'INSTRUCTEUR DANS L'IMMEUBLE.
DANGER !

DANGER.
LE DANGER...
IL FAUT FAIRE QUELQUE CHOSE...
LA PUISSANCE DU FEU.
LE FEU S'INTENSIFIE DE PLUS EN PLUS.
... IL MENACE.

ILS SONT
EN DANGER !

« LE PORC »

LORSQUE ALICE A ENTENDU LA DUCHESSE PARLER DE SON FILS, LA COLÈRE EST MONTÉE EN ELLE. MAIS ALICE S'EST RAPIDEMENT RENDU COMPTE DE LA RAISON QUI AMENAIT LA DUCHESSE À PARLER DE CETTE FAÇON.

SI TU NE VIENS PAS VERS MOI...
PAPA.
... MÊME SI JE N'ATTENDS QUE CELA.
TU VAS Y ALLER CE SOIR ?
C'EST MOI QUI VIENDRAI VERS TOI.
MERCI POUR TOUT CE QUE TU AS FAIT POUR MOI.

COMME IL RESTE DE MARBRE DEVANT CES FENÊTRES CASSÉES...
... J'IRAI LUI PARLER UNE FOIS POUR TOUTES.
TOUT LE MONDE VA TE REGRETTER
JE COMPTE SUR TOI CHEF.
JE T'ENVIE.
TU AS UN POINT D'ATTACHE.

... LES PARENTS SONT...
POUR NOUS...
POUR LES ORPHELINS...
... C'EST DIFFÉRENT.
CLAP
EEEEH !
QU'EST-CE QUI SE PASSE ?

... LE FEU NOUS A SURPRIS...
LORSQUE...
... IL M'A PROTÉGÉE DE SON CORPS ?
KOF KOF
SAUVE-TOI !
DÉSORMAIS...
... CE QUE TU ME DIS...

JE NE M'ENFUIRAI PLUS.
... JE N'EN AI RIEN À FAIRE !
MERDE...
ELLE EST OÙ LA SORTIE !
JE NE VOIS PLUS RIEN !
POUR NOUS, LES PARENTS...
DÉ-SOR-MAIS...
... JUSTE PAR LEUR PRÉSENCE.
... JE LE PROTÉGERAI.
... CE SONT DES ÊTRES AIMANTS...
FLASH

AHHH !
FLAP
...?
QU'EST-CE...
C'EST UN PAPILLON ?
POURQUOI DANS UN ENDROIT PAREIL ?
IL SEMBLE VOULOIR ME GUIDER.
JE NE DOIS PAS FOIRER CETTE FOIS-CI.
VAS-Y. AIDE-MOI À SORTIR D'ICI !

EMMÈNE-NOUS VERS LA SORTIE !
AU FEU !
TOUT LE MONDE EST SORTI DE L'IMMEUBLE ?
TSING
ILS SONT TOUS AU PARCOURS DE L'ANGOISSE... SAUF L'INSTRUCTEUR EN CHEF...
TOUJOURS PAS DE POMPIER ?
ON LES A APPELÉS MAIS L'ENDROIT N'EST PAS FACILE D'ACCÈS.
TSING
ATTENDS...

NE ME DIS PAS...
ILS N'ÉTAIENT MÊME PAS AU PARCOURS DE L'ANGOISSE.
CEUX-LÀ...
TCHOA !
C'EST DANGEREUX !
TAP
... QU'ILS VONT...
... ME QUITTER !!!
ARU ?

TCHOA !
AÏE !
ATTAQUE !
JE SUIS SOULAGÉE !
DA DA DA DA
ET L'AUTRE, IL EST OÙ !!
PANIQUE
TU N'AS RIEN ? T'ES ENTIER ?
TOK
IL Y A UN INCENDIE !
TOUT VA BIEN. CALME !
NE T'INQUIÈTE PAS !

SI JE FAIS UNE MAGIE MÉTÉOROLOGIQUE, ÇA VA PRENDRE DU TEMPS.
JE TRANS-PORTERAI L'EAU DU LAC
... POUR L'UTILISER.
MAIS C'EST LA PREMIÈRE FOIS QUE JE TENTE CETTE MAGIE...
ET ELLE CONSOMME BEAUCOUP DE MON ÉNERGIE AINSI QUE MON POUVOIR MAGIQUE.
SHOOO
EN SUIS-JE CAPABLE ?
FAIS CONFIANCE À JAY.

... JE PEUX Y ARRIVER.
水
TRÈS CHERS ESPRITS NÉS DE L'EAU VIVANT AUTOUR DE LA LUMIÈRE ÉTERNELLE ET PROFONDE.
À TRAVERS LA PROMESSE, VENEZ ME REJOINDRE ET DEVENEZ LA FORCE.
Intellic !!!

...
CE BÉBÉ QUI VA NAÎTRE...
CLING
IL DEVIENDRA « INVINCIBLE ».
POUHAHA
ON CONNAÎT MÊME PAS LE SEXE.
C'EST PEUT-ÊTRE UNE FILLE.
PLOC
PLOC
TU TE MOQUES ?
POURQUOI PAS ! IL AURA FORCÉMENT MON MENTAL INFAILLIBLE ET TON PHYSIQUE D'OURS.
JE RÉPÈTE ! IL SERA « INVINCIBLE » !!

MAIS SI PAR MALCHANCE...
... IL NAÎT CONTRAIREMENT À NOS SOUHAITS...
... IL SAURA SURMONTER TOUT CELA.
PARCE QUE...
... IL RESTE NOTRE BÉBÉ.
PETIT CON.
TU N'AURAIS PAS DÛ.

TU M'ARRIVAIS À PEINE AUX CUISSES.
TU AS...
... ÉNORMÉMENT GRANDI.
RAGE !
TU ME CHERCHES !
ÇA ME FOUT LES BOULES !
....
AUTREFOIS...
MA CHÈRIE...
MERCI.
PRÉPARE-TOI...
... À L'AVENIR.

JE SERAI PLUS GRAND QUE TOI.
iL FAUDRAIT QU'iL PLEUVE !
iDIOTE ! TU VOIS PAS CE CIEL CLAIR PLEIN D'ÉTOILES ?
HEiN ?
iL... iL PLEUT !!

SSS
TAAAAK
...
SWING
MA FORCE DISPARAÎT...

GRÂCE À JAY, LE FEU S'EST VITE CALMÉ ET IL N'Y A PAS EU BEAUCOUP DE DÉGÂTS.
JOON HUI ET NOTRE INSTRUCTEUR EN CHEF SONT SORTIS SAINS ET SAUFS.
QUANT À NOUS, NOUS AVONS FINI LE RESTE DU PROGRAMME HAUT-LA-MAIN ET PU RENTRER CHEZ NOUS, SATISFAITS DE CE VOYAGE.
TU AS BIEN TRAVAILLÉ.
JE NE SAIS PAS CE QUE SONT DEVENUS LE PÈRE ET SON FILS.
MAIS JE SUIS SÛRE QU'ILS SE SONT RÉCONCILIÉS.
CAR NOUS AVONS REÇU LA PIÈCE.

NOTRE RETOUR À LA MAISON...
HOUHAHA
MON DIEU !
39,5 ° C
JAY ! NE MEURS PAS !
... S'EST AVÉRÉ PLUS TRISTE QUE JAMAIS.
LES AUTRES VONT CROIRE QU'IL Y A EU UN MORT CHEZ NOUS.
Qu'est-ce que je vais devenir sans toi Jay !
Houhaha
ON NE MEURT PAS D'UNE SIMPLE GRIPPE !
PAM
VA CHERCHER DE L'EAU !
KIAC
COMMENT ELLE A SU QU'IL Y AVAIT DEUX CARTES ?

LA DUCHESSE ET SON BÉBÉ...
... SONT DEUX ÊTRES UNIS.
C'EST ÇA LA RELATION PARENT ET ENFANT.
ET LA DUCHESSE QUE JE VIENS DE RENCONTRER...
... SE CACHAIT DERRIÈRE UN MASQUE CRUEL.

?
ENCORE UNE CARTE ?
MAIS EN RÉALITÉ, C'ÉTAIT QUELQU'UN DE FORT SYMPATHIQUE.
CHACUN AVAIT SA FAÇON DE MONTRER SON AMOUR POUR L'AUTRE.
IL N'Y AVAIT QUE SON ENFANT POUR FAIRE TOMBER CE MASQUE.
NOUS, LES OBSERVATEURS...
... N'AVIONS PAS À NOUS MÊLER DE LEUR VIE.
D'OÙ CE MALENTENDU.

CE QUI M'INQUIÈTE LE PLUS...
J'AI EU L'INDICE DANS UN LIVRE.
LIVRE ?
OUI, MON PRÉFÉRÉ C'EST « ALICE AUX PAYS DES MERVEILLES »
JE TE LE PRÊTERAI.
MAIS LE PLUS IMPORTANT C'EST QUE TU TE RÉTABLISSES VITE.
CLAC
JE N'AI PAS ENVIE DE ME FÂCHER CONTRE UN MALADE.
JE NE T'AI TOUJOURS PAS PARDONNÉ.
DÉSOLÉ.

IL FAUT QUE TU SACHES QUE LE PACTE AVEC TOI EST RÉEL.
SEULEMENT...
... LA CONDITION SINE QUA NON ÉTAIT UNE FARCE.
POURQUOI TU AS COMPLIQUÉ LES CHOSES ?
POURQU
APRÈS TON ÉVANOUISSEMENT, J'AI VOULU TE FAIRE CROIRE...
... QUE LE PACTE AVAIT ÉTÉ FINALISÉ.
CAR LA CONDITION C'ÉTAIT SIMPLEMENT ENREGISTRER LE VŒU.
AINSI TU CROYAIS QUE TOUT S'ÉTAIT PASSÉ SELON LA PROCÉDURE ET NOUS AVIONS NOTRE PACTE !

PARCE QUE TU VOULAIS TON PREMIER BAISER AVEC QUELQU'UN QUE TU AIMES.
C'ÉTAIT DONC ÇA...
CHÉ PAS ! JE DISPARAIS SUR LE CHAMP !
QU'EST-CE QUE TU FAIS ?
ELLE ROUGIT
SANS CONNAÎTRE CETTE HISTOIRE...
TROUVE UN AUTRE COCONTRACTANT !
REGRETS + HONTE
HONTE + COLÈRE
QUOI !
AI VOULU ES PUNIR.
JUSTE UNE BAFFE !
PAR N'IMPORTE QUEL MOYEN.
RENTRE CHEZ TOI !

NON. C'EST UN NON CATÉGO-RIQUE.
JAMAIS ARU N'A ÉTÉ AUSSI SÉRIEUX.
NOUS N'AVONS PAS BESOIN D'UN AUTRE COCONTRACTANT.
NOUS SOMMES VENUS ICI POUR TE TROUVER.
HEIN ?
C'EST ÇA...
QU'EST-CE QU'ILS ONT À ÊTRE SÉRIEUX COMME ÇA !
FUU...
ET JAY ? IL EST VIVANT ?
NON, IL PAIE LES POTS CASSÉS.
QUELLE IDÉE DE MONTER SUR UN ARBRE...
JAY ÉTAIT MONTÉ SUR UN ARBRE ?
OUI, DURANT LE VOYAGE.
BOUHAHAHA
QU... QUOI ? POURQUOI !

EN FAIT...
?
IL M'EST ARRIVÉ D'AVOIR UNE BOSSE SUR LA TÊTE À CAUSE D'UNE ERREUR DE JAY.
C'EST VRAI ?
J'AI PAS DU TOUT MAL.
C'EST MÊME PAS UNE VRAIE BOSSE.
JAY... S'IL TE PLAÎT !
DESCEND TOUT DE SUITE. JE VAIS BIEN MAINTENANT.
MURMURE
DÉSOLÉ.
HÉ HÉ ♥

Fin du tome 3 « Magical JxR » À suivre.

* VICTOIRE

MAGICAL J×R

MAGICAL J×R

MAGICAL J×R ⟨ ÉPISODE SPÉCIAL ⟩
Magical × SS

LORSQUE UN MAL DE CRÂNE M'ENVAHIT...
... JE PENSE À ELLE.

CE MATIN-LÀ, JE ME RÉVEILLAIS DOULOUREUSEMENT.
ZIT
J'AI MAL À LA TÊTE.
Pas envie d'y aller. Pas envie. Vraiment pas envie.
BON.
PAS MOTIVÉ
J'Y VAIS.

TRAVAILLE BIEN.
SNIF SNIF
CE SERAIT MIEUX.
CASSEY...
JE VIENS AVEC TOI.
D'AUTANT QUE C'EST PAS POUR UN TRUC PLAISANT.
T'INQUIÈTE. JE PEUX Y ARRIVER SEUL.

KRACC
크악
C'EST À CAUSE DE TOI !
RAGE !
TOUT ÇA...
POURQUOI ?
GRATT GRATT
OH LÀ... CALME-TOI !
VOUS AVEZ COMMIS UNE FAUTE ?
ON EST CONVOQUÉ À L'ÉCOLE À CAUSE DE NOTRE RETARD POUR LES ÉPREUVES !
TOI, TU Y ES POUR BEAUCOUP !
ESPÈCE DE GROS MALIN !
SI JAMAIS TU LUI FAIS DES AVANCES...
... T'ES UN HOMME MORT.
BON, JE TE CONFIE EYRIA...
... PENDANT MON ABSENCE.
COMPRIS !
COUP REÇU
IL SE PREND POUR UN CHEVALIER !
VOUS ÊTES EN COUPLE ?
SSS

ET CELLE-LÀ, C'EST UNE PRINCESSE ?
CASSEY...
UNE PRINCESSE CLOÎTRÉE DANS UN CHÂTEAU QUI N'ATTEND QUE LE RETOUR DE SON CHEVALIER.
GNN
AÏE...
J'AI MAL À LA TÊTE.
TIC
틱!
HEIN ?
TIC 틱
TIC 틱
TIC 틱

C'EST GÊNANT...
C'EST TROP BIZARRE SANS CASSEY !
QU'EST-CE QU'ON A À LA TÉLÉ ?
TIC TIC
SEULE AVEC UN GARÇON DANS UNE CHAMBRE !
MÊME SI C'EST MON COCONTRACTANT.
GÊNÉE
J'AI PAS L'HABITUDE.
TU VEUX ?
... IL Y A PEUT-ÊTRE DES CHOSES QUE JE PEUX FAIRE.
É... ÉCOUTE...
EN QUOI... PUIS-JE T'AIDER ?
T'AS QU'À ME DIRE.
PENDANT L'ABSENCE DE CASSEY...

BEN, TU PEUX FAIRE...
LA VAISSELLE.
KAÏ
KRAC BOUM
OU LE LINGE...
GLISSE
MAMAN !
ELLE GLISSE PARTERRE.
LE MÉNAGE...
PAM
KAÏ !
C'EST PIRE QU'AVANT
HOUHAHA
DÉSOLÉE.
SURTOUT...
... NE FAIS RIEN.
C'EST QUOI CETTE FILLE...
... QUI NE SAIT RIEN FAIRE DU TOUT ?
DRING
ALLÔ ?

HÉ ! MR S ! C'EST MOI, TON SUPER MANAGER J.
TU PASSES UN BON WEEK-END ? JE T'APPELAIS PARCE QUE JE T'AI DÉCROCHÉ UN SHOOTING PHOTO POUR UN MAGAZINE. ÇA SE PASSE AU BORD DE LA MER. ILS TE VEULENT ABSOLUMENT. JE NE POUVAIS PAS DIRE NON. HA HA HA !
PAS BESOIN DE COLLER LE PORTABLE À MON OREILLE.
PAS CROYABLE !
JE SUIS TROP GÉNIALE. EN PLUS, LE PLANNING N'EST PAS TROP SERRÉ. APRÈS ÇA, JE TE DÉRANGE PLUS PENDANT LE WEEK-END. ALORS, ON DIT « YES » ET À TOUT À L'HEURE !
SINON, TU AS PAYÉ TON LOYER ?
L'APPARTEMENT EST À LA BOÎTE DE PRODUCTION.
QUOI... POURQUOI ? QU'EST-CE QUE T'AS ?
C'EST JUSTE...
JE NE ME SENS PAS BIEN.
AUJOURD'HU...
... J'AI ENVIE DE ME REPOSER.
EMM...
JE VIENS.
QUELLE SAGE DÉCISION !
DIABOLIQUE !

JE VIENS DÈS QUE J'AI FINIS DE ME PRÉPARER.
AH, J'ALLAIS OUBLIER. TU NE CONNAÎTRAIS PAS QUELQU'UN DE DISPONIBLE ?
PARCE QUE MON ASSISTANT A ATTRAPÉ LA GRIPPE.
QUOI ?
C'EST JUSTE POUR AUJOURD'HUI. C'EST POUR FAIRE DES PETITS TRUCS PENDANT LE SHOOTING. LA PAIE N'EST PAS MAL NON PLUS. JE COMPTE SUR TOI, MON CHÉRI.
MOUUU
EYRIA.
FUU...
LA PRINCESSE CHÂTELAINE...
... A BESOIN QU'ON S'INTÉRESSE À ELLE.
TU PEUX M'AIDER ?

NOUS AVONS BESOIN D'UNE RÉGISSEUSE.
RAVI DE TE RENCONTRER.
HEUM...
MANAGER J.
J'AURAIS PEUT-ÊTRE PAS DÛ LE LUI DEMANDER.
TADAM
UNE MAID ?
RÉSULTAT D'UNE LONGUE RÉFLEXION.
SUIS-JE À VOTRE GOÛT ?
J'AI DIT DE L'AIDE LORS DU SHOOTING.
JE SUIS EN TRAIN DE LE REGRETTER.
QUOI ! C'EST ÇA LA RÉGISSEUSE ?
ELLE EST OÙ ?
C'EST TROP FORT !!

샤라랑~
TA LA LA
ELLE EST ANGÉLIQUE !
JE VOULAIS ME MOQUER D'ELLE...
... MAIS IL FAUT ADMETTRE QUE ÇA LUI VA À MERVEILLE.
남자의 로망
FANTASME MASCULIN
ON COMMENCE !

WAOUH !

IL EST BEAU.
TU LE PENSES ?
JE SUIS D'ACCORD.
FIER
으쓱
MOI, J'AI L'ŒIL POUR TROUVER LA PERLE RARE.
으쓱
FIER
OOPS ! DEPUIS QUAND ELLE EST LÀ ?
IL A UN DON.
C'EST POUR CELA QUE C'EST PLUS DIFFICILE POUR LUI.

... C'EST MOI QUI L'AI CHOISI EN PRENANT LA LETTRE DE SON VRAI PRÉNOM...
EN FAIT, LE SURNOM « MR S »...
... POUR QU'IL SE LIBÈRE DU POIDS DE SON VRAI NOM.
MAIS ÇA A ÉTÉ UN FACTEUR DE SON ENFERMEMENT.
... OUBLIE COMMENT VOLER.
L'OISEAU DANS UNE CAGE...
JE POURRAIS TE DEMANDER UNE FAVEUR ? TIENS, J'AI TOUT ÉCRIT À CÔTÉ DE TES TÂCHES EN TANT QUE RÉGISSEUSE.
JE TE LE DIS PARCE QUE TU ES QUELQU'UN QUE...
... MR S A CHOISI DE GARDER PRÈS DE LUI.
C'EST LA PREMIÈRE FOIS.

OUI, JE FERAI DE MON MIEUX.
MAIS...
... UNE DEMI-HEURE PLUS TARD.
HAA !!
T'ES FOLLE OU QUOI ? C'EST NOTRE SPONSOR QUI NOUS A PRÊTÉ CET ENSEMBLE.
MR S DOIT LE PORTER D'UNE MINUTE À L'AUTRE !!
DÉSOLÉE.
JE SUIS VRAIMENT DÉSOLÉE !
TU SAIS RIEN FAIRE OU QUOI !
FUU..

QUOI ?
TU VEUX DIRE...
MAIS...
IL RESTE DES CHOSES À FAIRE...
JE SUIS SÛRE QUE JE PEUX L'AIDER.
ÇA SUFFIT !
RENTRE À LA MAISON !
TU NE COMPRENDS PAS ?

AH...
GNN...
TU NE VOIS DONC RIEN ?
GNN...
JE DOIS TOUT T'EXPLIQUER ?
AU LIEU D'ÊTRE UTILE, TU NE FAIS QU'EMBÊTER TOUT LE MONDE. T'ES DÉSOLÉE, DÉSOLÉE POUR TOUT. J'EN AI ASSEZ.
SPAF
JE... JE...
NON !
JE N'AI PLUS BESOIN DE TOI.
NE PLEURE PAS...
... DEVANT MOI !!
JE NE VEUX PAS ME SOUVENIR DE ÇA.

MA TÊTE VA EXPLOSER.
JE DÉTESTE VOIR UNE FEMME PLEURER.
ATTENDRE QUELQU'UN QUI NE REVIENT JAMAIS...
... ET L'ATTENDRE SANS ESPOIR...
... AU POINT DE SE PERDRE.
QUE FAIRE...
JUSQU'À QUAND ON DOIT ATTENDRE ?!
VLAN
SNIF SNIF
T'AS VU ? UNE MAID DEVANT LES TOILETTES DES HOMMES ?
ON ME DÉTESTE. JE NE SUIS JAMAIS À LA HAUTEUR DES ATTENTES DE MON ENTOURAGE.
MAN
SNIF
SNIF
QU'EST-CE QUI NE VA PAS CHEZ MOI...

NOUS AUSSI, ON DÉBUTE COMME LUI. MAIS POURQUOI ON N'EST PAS LOGÉ A LA MÊME ENSEIGNE !!
QUOI ?
QUE VEUX-TU !
C'EST LUI LA STAR QUI MONTE.
MAIS DIS-MOI, TU AS ENTENDU PARLER DE TRUCS SUR...
... LUI ?
SES PARENTS SONT TOUS LES DEUX MORTS ?
PAS DE FUMÉE SANS FEU.
TU NE CONNAIS PAS LA RUMEUR SELON LAQUELLE IL EST LE FILS DE HAN SA MIN GRAND ACTEUR DÉCÉDÉ PRÉMATURÉMENT ET QUE PAR LA SUITE IL A ÉTÉ BATTU PAR SA MÈRE DEVENUE FOLLE. PARAÎT-IL QU'IL A TOUJOURS DES CICATRICES SUR SON CORPS.

MERCI TOUT LE MONDE.
C'EST LE TOUR DES MANNEQUINS SUIVANTS.
J'AI DE LA PITIÉ POUR LUI.
SERRE...
QU'EST-CE QU'ELLE A ENCORE FAIT ?
FUU
RE... RETIREZ CE QUE VOUS VENEZ DE DIRE !!
EYRIA ?
SSS...
ELLE N'EST PAS ENCORE RENTRÉE ?
ENLÈVE TON LOOK MAID !

MOi, JE NE CONNAIS PAS BIEN VOS CRITÈRES, MAIS MR S EST VRAIMENT D'UNE BEAUTÉ EXCEPTIONNELLE.
MR S TRAVAILLE DUR, iL EST CENT FOIS MIEUX QUE VOUS DEUX QUI NE FAITES QUE RÂLER.
MR S NE CALOMNIE PAS LES AUTRES COMME VOUS LE FAITES SANS RAISON ! ET VOUS SAVEZ QUOi !
POF
J'AI.
JE L'AI FAIT !
CETTE FOIS !
ESTIME-TOI CHANCEUSE !
...
C'EST QUOi CETTE FiLLE !
QU'EST-CE QU'ON A FAIT ?
LAISSE TOMBER. C'EST UNE FAN FURiEUSE.
KYAAA !!
C'EST NOTRE TOUR.

JE ME DEMANDE COMMENT TU AS EU LE COURAGE DE PARLER COMME ÇA.
MAIS...
JE N'ARRIVE PLUS À ME LEVER.
TU PEUX TE LEVER ?
TAP TAP
NON... ILS SONT REVENUS...
GRRR...
MAIS...
CETTE FOIS-CI...
... JE N'AI PAS PLEURÉ.
J'AI TROP CRIÉ.
DODOM DODOM
NON, JE N'AI PLUS DE FORCE DANS MES JAMBES.
HA HA...

MR S...
... NE BAISSE PAS LES BRAS.
COMME PAR ENCHANTEMENT...
MERCi,
POUR AUJOURD'HUi.
... MON MAL DE CRÂNE DiSPARAÎT.

YOUPI !
JE L'AI ENFIN EU !
MR S EST EFFECTIVEMENT LE FILS DU GRAND ACTEUR HAN SA MIN DÉCÉDÉ IL Y A DIX ANS...
LAISSE-MOI LIRE. EN DÉVOILANT SON IDENTITÉ, MR S VA RELANCER SA CARRIÈRE.
CONCEN- TRATION
J'ÉTAIS LÀ AVANT MÊME L'OUVERTURE DE LA LIBRAIRIE POUR L'ACHETER. C'EST UN SPÉCIAL MR S QUI RÉCEMMENT NE FAISAIT QUE DU MANNEQUINÂT. C'EST COLLECTOR.
BONG
BONG
방
SALUT...
LA STAR DE TON MAGAZINE.
IL EST DE NOTRE LYCÉE ?
AH... JE VIENS DE VOIR.
QUOI ?

NAN... J'Y CROIS PAS.
C'EST UN SCOOP !
C'EST VRAI ? C'EST BIEN MR S ? IL EST DE NOTRE LYCÉE ?
OUI ! PLUSIEURS PERSONNES L'ONT VU AVEC NOTRE UNIFORME.
MAIS POURQUOI ON NE L'AVAIT PAS REMARQUÉ ?
ALLONS-Y !
IL EST DANS QUELLE CLASSE

IL EST DANS LA CLASSE N°3.
DRR
SALUT ?
AH !
...
TU TOMBES BIEN. J'ÉTAIS EN TRAIN DE FAIRE LE CARNET D'ADRESSES DE NOTRE CLASSE. IL ME RESTE JUSTE À METTRE LE TIEN.
ALORS, C'EST QUOI TON NOM ?

NOUS SOMMES DES OBSERVATEURS ÉTRANGERS QUI NE PEUVENT DES HUMAINES.
J'AI ENCORE DES OREILLES QUI BOURDONNENT À CAUS DES PROFS.
JE M'APPELLE...
... HAN SA YOO !
MAIS NOUS SOUTENONS...
RAVI DE TE RENCONTRER.
... DE FAÇON CONTINUE...
... VOTRE VIE.
FIN < MAGICAL X SS >

MAGICAL J×R

« LES RÈGLES DU PACTE »

1

Le magicien ne peut intervenir dans la vie du cocontractant. S'il enfreint cette règle et qu'il influence le destin du cocontractant ainsi que son monde, le magicien sera puni.

2

Le magicien doit obtenir une autorisation du monde de la magie avant d'utiliser une magie d'un niveau supérieur à 3 en dehors du cadre des épreuves. Si on enfreint cette règle sans justification, le pouvoir magique peut être restreint pendant une durée d'une semaine.

3

Après avoir terminé les épreuves, le magicien doit effectuer une étape de « liquidation » consistant à effacer toutes ses traces avant de rentrer dans le monde magique. L'étape « liquidation » comprend « l'effacement de la mémoire du cocontractant ».

after

MAGICAL J×R

Épilogue.

Ce troisième tome était sombre. Ce n'était nullement mon intention. (C'est vrai). Du coup, le résultat est une histoire de motards extrêmement mélancolique. Vous savez que cette histoire est publiée dans un magazine pour ados.
Au lieu des amourettes partout dans l'album, j'étais partie sur le jeux de carte, la dégradation d'immeuble etc...
Heureusement, le journaliste du magazine m'a fait revenir dans le droit chemin. (Bien évidemment, l'idée directrice est bien l'amour entre un père et son fils)

À vrai dire, tout au long de ce tome 3, il m'est arrivé des trucs pas très sympa. Snif... Si jamais vous pensez que l'histoire prend une tournure plus sombre et violente, comprenez que l'auteur traverse une mauvaise passe. (J'ai le droit de vous demander ce genre de chose ?)

Mr S... C'est lui qui représente bien cette noirceur dans ce tome. C'est un solitaire et un voyou. Je vous avoue que c'est un peu mon type. Ça y est. Je l'ai dit.

J×R est arrivé au milieu de son histoire. Fuu fuu...
Il y aura plein de nouveaux personnages et vous allez revoir plus souvent des personnages comme Ode. Le tome 4 vous réserve plein de rebondissements.

C'est difficile de publier une série dans un magazine. Mais quand je vois que ça débouche sur une sortie en livre, ça me fait énormément plaisir. Je vous remercie tous, mes supporters, mes anges gardiens et mes lecteurs ! Je me donnerai à fond jusqu'à la fin de mon histoire !!!

SÉRIE COMPLÈTE EN 6 TOMES

PROCHAINEMENT

PROCHAINEMENT

TOME 7 À PARAÎTRE
SÉRIE COMPLÈTE EN 9 TOMES

SÉRIE EN COURS, TOME 4 À PARAÎTRE
9 TOMES DISPONIBLES EN VO

http://editionsclairdelunemanhwa.blogspot.com/
Stylique : Pierre LEONI · Lettrage : Ari LO · Traduction : Keum suk Gendry-Kim et Loïc Gendry
Première Édition
Dépôt légal : septembre 2010 · ISBN : 978-2-35325-235-0
Imprimé en France par Aubin (Imprim'vert)